스테파노 추피
Stefano Zuffi

내가 사랑한
책

KB191697

새힘

모든 방법을 동원해서
내게 책 읽기를 가르치신
어머니께 이 책을 바칩니다.

표지
프란츠 아이블, 〈책 읽는 소녀〉,
1850, 벨베데레 미술관, 오스트리아 빈

2쪽
피에트로 안토니오 로타리,
〈책을 든 젊은 여자의 초상〉(부분),
1727-1762, 개인 소장

4~5쪽
보헤미안 거장, 〈천국의 정원 속 마리아〉,
1410, 슈테델 미술관, 독일 프랑크푸르트

6쪽
피에르-오귀스트 르누아르, 〈책 읽는 여인〉,
1900, 도쿄 후지 미술관, 일본 도쿄

책의 신비로운 힘

"서문은 가장 나중에 쓰이고, 가장 먼저 인쇄된다.
하지만 먼저든 나중이든 아무도 읽지 않는다."
이탈리아의 작가 피티그릴리의 말이다.
어차피 제대로 읽히지도 않을 운명에 놓인 글이니,
이 책의 서문에서는 '읽기'의 역사가 벌써 5천 년이나 되었고,
과거 수메르인의 쐐기문자부터 현재의 블로그에 이르기까지
다양한 기술의 진보에 효과적으로 편승해왔다는 정도만 이야기하겠다.
하지만 역사를 잘 들여다보면, 의사소통을 향한 인간의 집요하고도
간절한 욕구는 종종 바벨탑의 일화처럼 언어와 표현의 혼란으로
끝나버린다. 문맹퇴치를 국가 발전의 토대라고 강조하며
자신의 혁명적 이념을 세뇌시키기 위해 '붉은 책《마오주석어록》'을
만들었던 마오쩌둥에 따르면 "너무 많이 읽는 건 위험"하다.
그러나 너무 많은 말이 오해를 낳건, 너무 많이 읽는 게 위험하건
한 가지 사실만은 확실하다. 지구상에서 인간이 걸어온 길은
선사先史와 역사歷史로 나뉜다는 것.
이 두 시대의 차이는 문자의 사용, 즉 인간이 자신의 삶의 증거를
영원히 남기고픈 욕망과 그 수단을 가졌는가에 있다.
물론 초기의 문자는 왕의 명령과 규칙, 판매 목록과 가격 등을

표시하는 실용적인 목적으로 쓰였지만, 아주 일찍부터 인간은
자신의 감정을 기록하고, 역사적 사건을 설명하고, 새로운 이야기와
인물을 창작하기도 했으며, 신에게 물음을 던질 줄도 알았다.
다양한 수단과 각종 도구를 이용한 상형문자와 표의문자, 쐐기문자 등
문자화된 의사소통 기호들은 여러 대륙에서 상상할 수 없을 정도로
늘어났다. 그렇게 해서 우리는 길가메시 서사시, 호메로스의 시,
이집트의 《사자의 서》와 마야 왕들의 전리품에 관해 알 수 있게 됐다.
일본 소녀들이 밤에 무슨 꿈을 꾸는지 혹은 어떤 우화들이
페르시아의 《아라비안 나이트》에 영감을 주었는지도 알 수 있다.
또한 우주캡슐에 노래 가사를 적어 창공으로, 시공의 경계 너머로
날려 보내기도 한다.
이제 책을 읽는 것은 매우 자연스러운 행위가 되었다.
그러나 그 행위는 우연히 얻어진 것이 아니다. 글을 읽는 능력을
갖게 되고, 그것이 인간의 위대한 능력이 되기까지 수천 년의 세월을
거쳐야 했다. 아직까지도 인간은 그 위대한 힘의 실체를 완벽히
파악하지 못했다. 단테의 《신곡》 지옥편에 등장하는 파올로와
프란체스카가 '란첼로토와 지네브라'의 이야기를 함께 읽다가
결국 사랑의 입맞춤에 빠져들게 됐다는 이야기에서 보듯,

독서는 무엇이라 정의하기 어려운 마법 같은 힘을 갖고 있다.
실제로 우리는 그런 마력을 자주 체험한다. 독서는 우리를
다른 세상으로 인도하고 기대하지 않았던 감정을 느끼게 하며
스스로도 예측하지 못했던 새로운 차원의 일들을 발견하게 해준다.
책이 가진 신비로운 힘은 움베르토 에코의 소설《장미의 이름》속
주제가 되기도 했다. 오래된 도서관에 가보면 책의 거부할 수 없는
매력에 끌리게 된다. 이 책에서는 독서의 기쁨뿐만 아니라
고단함과 신비로움, 때로는 쓸모없음을 묘사한 예술작품들을
유명 인사들의 글과 함께 만날 수 있다. 특정 작품과 문장의 결합은
어쩌면 불손해 보일 수도 있겠지만, 고대부터 현재에 이르기까지
독서의 개념과 이미지를 관찰하는 좋은 기회가 될 것이다.
이 책에 수록된 비유나 참조, 시대를 넘나드는 글과 그림의 요지는
한 문장으로 요약할 수 있다.
책 덕분에 인간은 시간과 공간의 장벽을 자유자재로 넘나들며
거울에 비친 스스로의 모습을 관찰하고 인지하게 된다는 것이다.

책을 읽는다는 것은 자신의 미래를 만든다는 것이다.

랠프 월도 에머슨

〈안내판을 든 젊은이〉, 55–79, 국립 고고학 박물관, 이탈리아 나폴리

내가 찬양하는 도시가 무너지고,
내가 노래하는 사람들이 망각 속으로 사라져도
내 말들은 계속 남아 있을 것이다.

핀다로스

〈첨필을 든 여인 혹은 사포의 초상〉, 62-79, 국립 고고학 박물관, 이탈리아 나폴리

서재에 책을 채우는 것이
지갑에 돈을 채우는 것보다 훨씬 더 그럴듯하다.

존 릴리

〈산 갈가노 수도원의 사제 우고〉, 교황청 재무담당관의 목판화, 1258, 국가기록원, 이탈리아 시에나

LIBER CAMEO ... ERO GHI LORI BA
OFFICIO ASTELLAN
O BONIA SEM PE
...
RULTIMIS SU
...OLF SU RU
... PLIUS

가끔 나는 꿈꾼다.
최후의 심판 날 우리 모두 전능하신 주 앞으로 나아가는
꿈을. 위대한 정복자들과 법률가들은 왕관과 월계관을
하사 받고, 그들의 이름은 영원히 마모되지 않는 대리석에
새겨지리. 내가 주께로 나아가면, 주님께서는 질투심을
감추지 못하고 베드로에게 속삭이실 것이니.
"보라, 이자는 어떤 상도 필요치 않다.
우리는 이자에게 줄 것이 아무것도 없도다.
이자는 책 읽기를 사랑했으니."

버지니아 울프

기욤 드 생-파튀스, 〈말을 타고 궁정 목사들에게 기도문을 읽어주는 성 루이 9세〉(《성 루이 9세의 삶과 기적》 부분), 1320, 국립도서관, 프랑스 파리

폴로니우스: 왕자님, 무엇을 읽고 계십니까?
햄릿: 말, 말, 말을 읽고 있노라.

윌리엄 셰익스피어, 《햄릿》 2막 2장

〈책 읽는 사람이 그려진 문자 'O'〉(세밀화), 1320, 보들리언 도서관, 영국 옥스퍼드

우울한 생각으로부터 공격을 받을 때
책에 달려가는 일처럼 도움이 되는 것은 없다.
책은 나를 빨아들이고, 마음속의 먹구름을 지워준다.

미셸 드 몽테뉴

톰마소 다 모데나, 〈영국의 괄티에로 추기경과 프랑스 루앙의 니콜로 추기경〉,
1352, 산 니콜로 성당, 이탈리아 트레비소

평화를 찾아 사방을 다 뒤졌지만 찾을 수 없었다.
한쪽 구석에서 책과 함께할 때가 아니라면.

톰마소 다 켐피스

젠틸레 다 파브리아노, 〈독서 중인 성 안토니오 다 파도바〉(발레로미타 다폭 제단화의 측면 패널 부분),
1405-1410, 브레라 미술관, 이탈리아 밀라노

신은 성경에만 복음서를 쓰지 않았다.
나무와 꽃, 구름, 별에도 썼다.

마르틴 루터

보헤미안 거장, 〈천국의 정원 속 마리아〉, 1410, 슈테델 미술관, 독일 프랑크푸르트

책을 읽다가 온몸이 싸늘해져
어떤 불덩이로도 녹일 수 없게 될 때, 그것이 바로 시다.
머리끝이 곤두서면, 그것이 바로 시다.

에밀리 디킨슨

로베르 캉팽, 〈독서하는 산타 바바라〉, 1438, 프라도 미술관, 스페인 마드리드

문학은 자기들끼리만 알려고 숨겨왔던 것을
모든 이들 앞에 까발리는 것이다.

장 로스탕

〈학생들에게 읽기를 가르치는 수도사〉(성경의 세밀화 부분), 15세기, 마자린 도서관, 프랑스 파리

책은 절대 당신을 포기하지 않는다.
당신은 분명
자주 책을 그냥 버려두고,
가끔은 배신까지 하지만,
책은 결코 당신에게서 등을 돌리지 않는다.
책꽂이에서, 더없이 겸손한 자세로,
가장 완벽한 침묵 속에서
당신을 기다릴 뿐.

아모스 오즈

바르텔레미 반 에이크, 〈선지자 예레미야〉(수태고지 세폭화 오른쪽 패널),
1443–1445, 왕립미술관, 벨기에 브뤼셀

소유한 모든 책을 다 읽을 수 없는 한
읽을 수 있는 만큼의 책만 소유하면 족하다.

세네카

카를로 크리벨리, 〈산 바르톨로메오〉(아스콜리 두오모 제단 대좌 일부),
1473, 성 에미디오 성당, 이탈리아 아스콜리

책 속에는 모든 과거의 영혼이 잠잔다.
오늘날 참다운 대학은 도서관이다.

토머스 칼라일

안토넬로 다 메시나, 〈서재에 있는 산 제롤라모〉(부분), 1475년경, 내셔널 갤러리, 영국 런던

남자의 서재는 그의 애인 목록과 같다.

랠프 월도 에머슨

〈학구적인 젊은이가 그려진 문자 'G'〉(세밀화), 15세기, 브라이덴세 국립도서관, 이탈리아 밀라노

LA VRIGA DI TI

과학에서는 최신의 연구서를 읽으라.
문학에서는 최고最古의 책을 읽으라.
고전은 항상 새로운 것이다.

에드워드 불워 리턴

유스튀스 판 헨트와 페드로 베루게테, 〈치체로네〉, 1472-1476, 마르케 국립미술관, 이탈리아 우르비노

나의 우주, 이것을 사람들은 도서관이라고 부른다.
도서관은 영원히 지속되리라.
불을 밝히고, 고독하고, 무한하고, 부동적이고,
고귀한 책들로 무장하고, 부식하지 않고,
비밀스러운 모습으로.

호르헤 루이스 보르헤스

바치오 폰텔리, 〈책이 들어 있는 책장〉(페데리코 다 몬테펠트로 서재의 목재 상감세공 부분).
1472년경. 두칼레 궁전. 이탈리아 우르비노

훌륭한 건축물을 아침 햇살에 비춰 보고,
정오에 보고, 달빛에도 비춰 보아야 하듯이
진정으로 훌륭한 책은 유년기에 읽고,
청년기에 다시 읽고, 노년기에 또다시 읽어야 한다.

로버트슨 데이비스

필리피노 리피, 〈성 베르나르도 앞에 나타난 성모〉(제단 뒤쪽 장식의 일부),
1479-1486, 피오렌티나 성당, 이탈리아 피렌체

나는 한 권의 책을 책꽂이에서 뽑아 읽었다.
그리고 그 책을 꽂아 놓았다.
그러나 이미 나는 조금 전의 내가 아니었다.

앙드레 지드

한스 멤링, 〈산 베네데토〉(포르티나리 제단 두폭화 한쪽 패널),
1481–1487, 우피치 미술관, 이탈리아 피렌체

인간은 죽지만, 책은 결코 죽지 않는다.
삶이라는 전쟁에서 책은 무기다.

프랭클린 루스벨트

페드로 베루게테, 〈산 도메니코와 알비파〉, 1495년경, 프라도 미술관, 스페인 마드리드

하늘에서 들리던 음성이 또 내게 말하여 이르되
"네가 가서 바다와 땅을 밟고 서 있는 천사의 손에
펴 놓인 두루마리를 가지라" 하기로,
내가 천사에게 나아가 작은 두루마리를 달라 한즉
천사가 이르되
"갖다 먹어버리라, 네 배에는 쓰나
네 입에는 꿀같이 달리라" 하거늘,
내가 천사의 손에서 작은 두루마리를 갖다 삼키니
"내 입에는 꿀같이 다나 먹은 후에
내 배에서는 쓰게 되더라".

요한 계시록 10:8-10

알브레히트 뒤러, 〈생명의 책을 먹는 성 요한〉(요한 계시록 목판화 연작),
1496, 르 베르줴르 박물관, 프랑스 랭스

무엇이든 좋으니 책을 사라.
사서 방에 쌓아 두면 독서의 분위기가 만들어진다.
외면적인 것이지만, 이것이 중요하다.

이녁 아널드 베넷

비토레 카르파초, 〈성 아고스티노의 비전〉(부분), 1504, 스키아보니 산 조르조 학교, 이탈리아 베네치아

열 살 때 나는 지독한 책벌레였다.
나는 책 표지에 있는 작가의 사진에 입을 맞추곤 했다.
나와 시간적, 공간적으로 멀리 떨어져 있는 작가들을
사랑할 수 있다는 사실처럼 놀라운 것도 없었다.

에리카 종

피에로 디 코시모, 〈막달라 마리아의 옷을 입은 여인의 초상화〉,
1501-1510, 바르베리니 궁전, 이탈리아 로마

한 권의 좋은 책은 위대한 정신의 활력소이고,
삶을 초월해 방부 처리된 보물이다.

존 밀턴

조반니 벨리니, 〈성녀 루치아와 성 제롤라모〉(제단화 일부), 1505, 성 자카리아 성당, 이탈리아 베네치아

겨울에는 지붕 위를 지나가는 밤바람 소리를 들으며,
여름에는 장맛비 소리를 들으면서
나는 어머니가 읽어주시는 책을 통해
상상의 세계로 빠져들었습니다.
어머니는 내 환상의 도서관이었으며, 최초의 시요,
끝나지 않는 길고 긴 이야기책이었습니다.

이어령

조르조네, 〈성모 마리아와 아기 예수〉(부분), 1508, 에슈몰린 박물관, 영국 옥스퍼드

무거운 책은 무거운 악과 같다.

칼리마코스

〈성녀 줄리아나〉(부분), 16세기 초, 성녀 줄리아나 성당, 이탈리아 트렌토

독서는 인간을 완벽하게 만든다.
토론은 인간을 준비하게 만든다.
글쓰기는 인간을 열리게 만든다.

프랜시스 베이컨

데펜덴테 페라리, 〈자선을 베푸는 성 이보〉(성 이보 성당 제단 뒤쪽 장식 부분),
1518, 사바우다 미술관, 이탈리아 토리노

책을 소유하는 것은 책을 읽는 행위의 대타다.

앤서니 버지스

라파엘로 산치오, 〈줄리오 데 메디치 추기경과 루이지 데 로시 추기경 사이의 교황 레오네 10세〉,
1518–1519, 우피치 미술관, 이탈리아 피렌체

한 권의 책은 주머니에 넣을 수 있는 정원이다.

아랍 속담

코레조, 〈독서하는 남자의 초상화〉, 1518–1523, 스포르체스코 성 시립박물관, 이탈리아 밀라노

소설가에게 몸을 맡길 때는
마치 훌륭한 외과의사의 손에 자신을 맡기듯 하라.
그가 놔주는 마취주사를 믿고 받아들이는 것처럼.

솔 벨로

〈성녀 카테리나〉, 1525-1530, 브레라 미술관, 이탈리아 밀라노

독서는 단순히 지식의 재료를 공급할 뿐,
그것을 자기의 것으로 만드는 것은
사색의 힘이다.

존 로크

알브레히트 뒤러, 〈성 요한과 베드로〉(부분), 1526, 알테 피나코테크 미술관, 독일 뮌헨

인간은 살아 있기 때문에 집을 짓지만,
언젠가 죽을 운명이라는 것을 알기 때문에 글을 쓴다.
인간은 군집성 동물이라 무리를 지어 살지만,
자신의 고독한 운명을 알기에 책을 읽는다.
독서는 다른 그 누구의 자리를 빼앗지 않지만,
그 누구도 대신할 수 없는 동지다.
독서는 인간의 운명에 대해 정확히 설명하지는 않지만,
삶과 인간 사이에 촘촘한 공모의 망을 엮어놓는다.
이 섬세하고도 은밀한 그물망은
인간에게 역설적인 삶의 행복을 전하는 동시에
인생의 비극적인 부조리도 조명한다.
그렇다, 바로 이것이 독서의 이유다.

다니엘 페나크, 《소설처럼》 중에서

우리 시대의 가장 큰 문제는
학위가 있는 사람들은 많지만,
지성이 있는 사람들은 거의 없다는 점이다.

토머스 모어

플랑드르파, 〈토머스 모어의 초상화〉, 1535년경, 그라네 미술관, 프랑스 엑상프로방스

소설에 법칙이란 없다.
있었던 적도 없고, 절대 있어서도 안 된다.

도리스 레싱

아뇰로 브론치노, 〈루크레치아 판치아티키의 초상화〉, 1540–1546, 우피치 미술관, 이탈리아 피렌체

약으로 병을 고치듯이 독서로 마음을 다스린다.

율리우스 카이사르

아뇰로 브론치노, 〈라우라 바티페리의 초상화〉, 1545-1550, 베키오 궁전, 이탈리아 피렌체

모든 책은 두 가지 종류로 분류될 수 있다.
'한 시간짜리' 책과 '항상'인 책.

존 러스킨

카라바조, 〈명상 중인 산 프란체스코〉, 1606-1607, 시립박물관, 이탈리아 크레모나

지금까지도 나는 읽기와 쓰기 중
어떤 것이 더 재미있는지 판단하지 못한다.

렉스 스타우트

헤릿 판 혼트호르스트, 〈캔터베리의 성 아고스티노〉(부분),
1617-1618, 레알레 궁전미술관, 이탈리아 제노바

독서가 없는 내 인생은 비참할 것이다.

나기브 마푸즈

조반니 세로디네, 〈아버지의 초상화〉, 1625-1630, 시립박물관, 스위스 루가노

책 읽는 습관을 들인다는 것은
인생의 불행으로부터
스스로를 지킬 피난처를 만드는 일이다.

서머싯 몸

헤릿 다우, 〈책 읽는 노부인〉(부분), 1630, 레이크스 미술관, 네덜란드 암스테르담

여기 인간들의 그 모든 놀라운 발명을 뛰어넘는 것이 있다.
자신의 가장 은밀한 생각을 어머어마한 시공간의 장벽을
뛰어넘어 전하고픈, 인도에 살고 있는 사람들과 대화하고픈,
수천, 수만 년이 흘러야 이 세상에 존재할 사람들과
이야기하고픈 소망을 이뤄준 것.
바로 종이 위에 펼쳐진 스무 가지 문자의 조합이다.

갈릴레오 갈릴레이

프란시스코 데 수르바란, 〈성 토마스 아퀴나스의 신격화〉(부분), 1631, 세비야 미술관, 스페인 세비야

도덕적이거나 비도덕적인 책은 존재하지 않는다.
책은 잘 썼든지 못 썼든지 둘 중 하나다.

오스카 와일드

렘브란트, 〈목사 코르넬리스 클라에즈 안슬로와 아내 알체 스호우텐〉, 1641, 국립회화관, 독일 베를린

책은 인쇄된 인류다.

바버라 터크먼

렘브란트, 〈심야의 신성한 가족〉, 1645, 레이크스 미술관, 네덜란드 암스테르담

아무리 바빠도 책 읽을 시간을 꼭 만들라.
그렇지 않으면 스스로 만든 무지에 빠지고 만다.

공자

렘브란트, 〈책상 위의 티토〉, 1655, 보에이만스 판 뵈닝언 미술관, 네덜란드 로테르담

낚시할 때 등 뒤에 앉아 있는 사람은
여자친구에게 연애편지를 쓸 때
등 뒤에서 훔쳐보는 사람처럼 성가시다.

어니스트 헤밍웨이

얀 페르메이르, 〈편지를 읽는 부인〉, 1663, 레이크스 미술관, 네덜란드 암스테르담

성경에서 나를 괴롭히는 말씀은
내가 이해하지 못하는 부분이 아니라,
내가 이해하는 부분이다!

마크 트웨인

바르톨로메 에스테반 무리요, 〈성녀 안나와 동정녀 마리아〉,
1665년경, 프라도 미술관, 스페인 마드리드

세상의 모든 책들이 그대에게 행복을 주는 것은 아니지만,
책은 비밀스레 그대를 이끌어
그대의 마음속으로 돌아가게 해요.
거기에는 그대가 필요로 하는 모든 것,
태양도 별도 달도 모두 있어요.
그대가 찾던 빛이 그대 마음속에 살고 있으니까요.

헤르만 헤세

장 라우, 〈편지를 읽는 젊은 여인〉(부분), 1720, 루브르 박물관, 프랑스 파리

책 없는 방은 영혼 없는 육체와 같다.

키케로

주세페 마리아 크레스피, 〈두 개의 책장〉, 1725년경, 마르티니 음악원 부속 도서관, 이탈리아 볼로냐

읽기는 쓰기에 수반되는 행위다.
단, 더 운명적이고 인간적이고 지적이다.

호르헤 루이스 보르헤스

피에트로 안토니오 로타리, 〈연애편지를 읽는 젊은 여인〉, 1727-1762, 개인 소장

인간의 행동을 유발하는 기폭장치, 그것이 바로 책이다.

아멜리 노통브

책처럼 우리를 먼 육지에 데려다줄 수 있는 범선은 없고,
시처럼 기운이 펄펄한 준마도 없다.
책은 가난한 사람도 여비를 걱정하지 않고 할 수 있는
여행이다. 인간의 영혼을 실어 나르는 이 마차는
얼마나 저렴한지!

에밀리 디킨슨

장-에티엔 리오타르, 〈아름다운 독자〉(부분), 1746, 레이크스 미술관, 네덜란드 암스테르담

신사든 숙녀든
좋은 소설로 기쁨을 맛보지 못한 사람은
참을 수 없는 바보일 것이다.

제인 오스틴

긴 하루 끝에 좋은 책이 기다리고 있다는 생각만으로
그날은 더 행복해진다.

캐슬린 노리스

모리스 캉탱 드 라 투르, 〈페랑 아가씨의 초상화〉, 1753, 알테 피나코테크 미술관, 독일 뮌헨

너무 많은 책을 읽는 것은 위험하다.

마오쩌둥

장-바티스트 그뢰즈, 〈게으른 소년〉(부분), 1755, 파브르 미술관, 프랑스 몽펠리에

빅토리아 베컴이
자신의 인생 이야기를
출간했다는군요.
고백하자면,
그건 내 서재에는 없어요.

믹 재거

프랑수아 부셰, 〈퐁파두르 부인〉(부분),
1758, 빅토리아 앨버트 박물관, 영국 런던

아무리 작은 책들도 각자의 운명이 있는 법.

테렌치아노

조슈아 레이놀즈, 〈주세페 바레티의 초상화〉(부분), 1773, 골웨이 컬렉션, 영국 런던

책 읽는 사람은 의무가 아니라 사랑의 길을 걸어야 한다.
어떤 책을 억지로 읽는 것은 잘못이다.
독서는 사랑하는 것에서 시작되어야 한다.

헤르만 헤세

장-오노레 프라고나르, 〈책 읽는 소녀〉(부분), 1776, 국립미술관, 미국 워싱턴

독서와 좋은 친구, 성찰은 완벽한 신사를 만든다.

존 로크

요한 조파니, 〈조각상 전시실에 있는 찰스 타운리〉, 1782, 타운리 홀, 아트갤러리&뮤지엄, 영국 번리

건강에 관한 책을 읽을 때는 조심하라.
오타 때문에 죽을 수도 있다.

마크 트웨인

요한 하인리히 립스, 〈자신의 서재에 있는 요한 카스파 라바터〉, 1789, 개인 소장

유용한 부분이 전혀 없는 몹쓸 책은 없다.

플리니우스

안토니오 카노바, 〈무지한 자를 가르치고, 굶주린 자를 먹이기〉(부분), 석고에 얕은 부조,
1795–1796, 코레르 박물관, 이탈리아 베네치아

독서란
깊이 생각하는 것이다.

비토리오 알피에리

프랑수아-그자비에 파브르,
〈비토리오 알피에리와 알바니 공작부인 초상화〉,
1796년경, 시립박물관, 이탈리아 토리노

좋은 책을 읽는다는 것은
과거의 가장 훌륭한 사람들과 대화하는 것과 같다.

르네 데카르트

카츠시카 호쿠사이, 〈황석공과 장량〉, 1798, 우키요에 박물관, 일본 마츠모토

독자들은 안심해도 된다.
열 권의 책을 읽든 같은 책을 열 번 읽든
교양 있는 사람이 될 수 있다.
다만 책을 전혀 읽지 않는 사람들은
걱정해야 할 것이다.

움베르토 에코

요한 아우구스트 크라프트, 〈사법관 야코프 빌더〉, 1819, 쿤스트할레 미술관, 독일 함부르크

순수하고 소박한 독서의 기쁨은
젖소가 초원에서 느끼는 기쁨과 같다.

체스터필드 경

프리드리히 바스만, 〈화가의 누이 미나 바스만의 초상화〉(부분),
1828, 쿤스트할레 미술관, 독일 함부르크

아무리 슬픈 책도 삶처럼 슬플 수는 없다.

아고타 크리스토프

카미유 코로, 〈화관을 쓴 책 읽는 여인(베르길리우스의 여신)〉, 1845, 루브르 박물관, 프랑스 파리

책이 너무 많을 때는
한 번에 한 권씩만 읽으면 된다.

알레산드로 만초니

카를 슈피츠베크, 〈브르비에르의 독서, 저녁〉, 1845, 루브르 박물관, 프랑스 파리

위선자 독자여,
나의 동지,
나의 형제여!

샤를 보들레르, 《악의 꽃》 중에서

귀스타브 쿠르베, 〈샤를 보들레르의 초상〉, 1847, 파브르 미술관, 프랑스 몽펠리에

내가 책에게 질문을 던지면 책이 답을 한다.
책은 나를 위해 말하고 노래 부른다.
어떤 책들은 내 입술에 쌀을 가져다주거나
마음에 위안을 준다. 또 어떤 책들은
내 자신을 깨우치도록 가르치고, 빠르게 흘러가는
하루하루와 저 멀리 도망치는 내 삶을 떠올리게 한다.
그러나 책이 바라는 상賞은 단 하나뿐이다.
자유롭게 드나들 수 있는 내 집에서 머물면서
내게 진정한 친구가 거의 없을 때에도
나와 함께 사는 것이다.

프란체스코 페트라르카

프란츠 아이블, 〈책 읽는 소녀〉, 1850, 벨베데레 미술관, 오스트리아 빈

책은 우리에게 깊은 즐거움을 준다.
우리에게 말을 걸고, 조언을 해주고,
우리와 기꺼이 친구가 되어 우리 삶에 자리 잡는다.

페르난두 페소아

피에트로 마니, 〈책 읽는 여인〉(부분), 1856, 국립 현대미술관, 이탈리아 밀라노

진정한 책을 만나는 일은 틀림이 없다.
그것은 사랑에 빠진 것과 같다.

크리스토퍼 몰리

안젤름 포이어바흐, 〈파올로와 프란체스카〉, 1863, 샤크 갤러리, 독일 뮌헨

나를 황홀하게 만드는 책은
다 읽고 난 후에 저자가
아주 친한 친구 같아서 언제라도
전화를 걸 수 있을 것 같은
느낌을 주는 책이다.

제롬 데이비드 샐린저

페데리코 파루피니, 〈책 읽는 여인(클라라)〉,
1864, 국립 현대미술관, 이탈리아 밀라노

문학과 저널의 차이점은
저널은 읽을 가치가 없다는 것이고,
문학은 읽히지 않는다는 것이다.

오스카 와일드

폴 세잔, 〈'에벤느망'지를 읽고 있는 화가의 아버지 루이 오귀스트 세잔 초상화〉,
1866, 국립미술관, 미국 워싱턴

추리소설은 연애소설을 제외한
다른 어떤 문학보다 최악이지만,
널리 인정받고 평가받는
다른 어떤 문학 양식보다
최고의 문학이다.

레이먼드 챈들러

알프레드 스테방스, 〈욕조 속의 여인〉,
1867, 오르세 미술관, 프랑스 파리

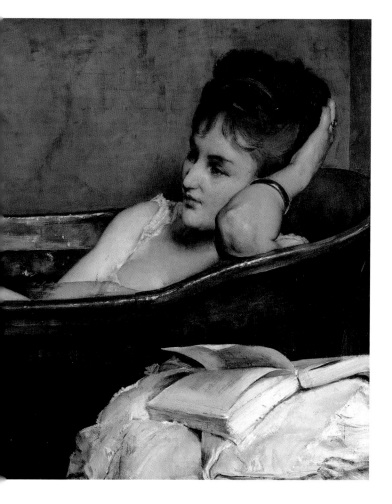

작가는 글쓰기가 아니라
독서에 대부분의 시간을 쏟는다.
한 권의 책을 쓰기 위해
도서관의 절반을 돌아다닐 수도 있다.

새뮤얼 존슨

에두아르 마네, 〈에밀 졸라의 초상화〉, 1868, 오르세 미술관, 프랑스 파리

좋은 책이란 당신을 강하게 때리는 책이다.

귀스타브 플로베르

이반 니콜라예비치 크람스코이, 〈책 읽는 여인〉(부분), 1870, 트레티야코프 미술관, 러시아 모스크바

위대한 작가는 새롭게 작품을 창조할 필요가 없다.
그건 이미 우리들 각자의 내면에 존재하고 있으니,
그걸 해석해내면 된다.
작가의 의무과 과제는 해석자로서의 역할이다.

마르셀 프루스트

피에르-오귀스트 르누아르, 〈책을 읽는 클로드 모네 부인〉,
1871, 스털링&프랜신 클라크 미술관, 미국 윌리엄스타운

독자 여러분,
자신이 바보라고 가정해보세요.
아니, 자신이 국회의원이라고 가정해보세요.
이런, 내가 동어반복을 하고 있군.

마크 트웨인

에드가 드가, 〈뉴올리언스의 면화 사무실〉,
1873, 포 미술관, 프랑스 포

아마도 청소년 시절처럼 좋아하는 책을 동무 삼아 보낸
날들, 그런 날들 없이 세월을 보낼 수 있다고 믿었던 시절은
없을 것이다. 그 시절 책을 읽는 신성한 기쁨에, 하찮은
방해거리는 모두 피했다. 한참 흥미진진한 부분을 읽고
있는데 친구가 와서 제안하는 놀이, 책에서 눈을 떼거나
자리를 옮기게 만드는 성가신 꿀벌이나 햇빛,
손도 대지 않은 채 바로 옆 의자에 내팽개쳐 둔 간식,
머리 위 파란 하늘 속 햇볕이 점점 약해질 무렵에
집으로 다시 돌아가야만 하는 저녁 식사도 그랬다.
그리고 식사를 하는 동안에도 다시 위층으로 올라가
읽다가 만 장을 마저 다 읽어야겠다는 생각으로 가득했다.

마르셀 프루스트, 《독서에 관하여》 중에서

로렌스 알마-타데마, 〈그늘 아래 화씨 94도〉, 1876, 피츠윌리엄 박물관, 영국 케임브리지

책은 내면을 비추는 거울이다.

카를로스 루이스 사폰

피에르-오귀스트 르누아르, 〈독서하는 여인〉, 1874-1876, 오르세 미술관, 프랑스 파리

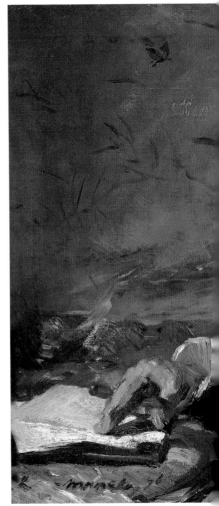

육체는 슬프다.
아! 모든 책을 읽었건만.

스테판 말라르메

에두아르 마네, 〈스테판 말라르메의 초상〉.
1876, 오르세 미술관, 프랑스 파리

174

말로 가득한 현실을
깨끗이 치우고
침묵을 만들어내는 것,
그게 시의 일이다.

스테판 말라르메

메리 카샷, 〈독서하는 젊은 여인〉,
1878, 개인 소장

개는 인간의
가장 좋은 친구다.
개 외에 인간의
가장 좋은 친구는 책이다.

그라우초 막스

찰스 버턴 바버, 〈금발 여인과 갈색 퍼그〉,
1879, 개인 소장

이 책보다 더 좋은 책도, 훨씬 더 나쁜 책도 있다.
그래서 결국 새로운 책이 만들어지는 것이다!

마르티알리스

에두아르 마네, 〈삽화집을 보는 여인〉, 1879, 아트 인스티튜트, 미국 시카고

부모가 책 읽는 모습을
자주 보여주면,
아이들도 책 읽는 사람이 될
가능성이 높다.

존 리스고

조지 던롭 레슬리, 〈이상한 나라의 앨리스〉,
1879, 로열 파빌리온, 영국 브라이턴

문학은 세대에서 세대로
이의를 제기할 수 없는 응축된 경험을 전달한다.
그래서 문학이 한 나라의 살아 있는 기억이 되는 것이다.

알렉산드르 솔제니친

실베스트로 레가, 〈할머니의 가르침〉, 1881, 시청 청사, 이탈리아 페스키에라 델 가르다

많은 책을 읽는 것보다
좋은 저자의 책을 골라 읽어야 한다.

레프 톨스토이

콩스탕 마예, 〈책에 빠진 소녀〉, 1885, 개인 소장

책이란 삶이라는 여행에 필요한 최고의 양식이다.

미셸 드 몽테뉴

미샤엘 안세르, 〈책 읽는 젊은 여인〉(부분), 1885, 개인 소장

최고의 책은 우리가 이미
아는 것을 말해주는 책이다.

조지 오웰

빈센트 반 고흐, 〈성경이 있는 정물〉,
1885, 반 고흐 박물관, 네덜란드 암스테르담

얼마나 '많은' 책을 가지고 있는가는 중요하지 않다.
얼마나 '좋은' 책을 가지고 있는가가 중요하지.

세네카

윌리엄 메릿 체이스, 〈추억〉, 1885, 먼슨-윌리엄스-프록터 아트센터, 미국 유티카

앨리스는 생각했다.
'그림도 대화도 없는 책이 어디에 필요한 거지?'

루이스 캐럴, 《이상한 나라의 앨리스》 중에서

피에르-오귀스트 르누아르, 〈책 읽는 소녀〉, 1886, 슈테델 미술관, 독일 프랑크푸르트

바람이 유리창에 부딪히고 램프가 타는 동안
난로 옆에 앉아 한 권의 책과 함께하는 것보다
더 좋은 것이 있을까?

귀스타브 플로베르

테오도르 루셀, 〈책 읽는 소녀〉, 1887, 테이트 갤러리, 영국 런던

책은 타인과 스스로를 이해하고,
아주 먼 사람과도 공통된 세상을
창조하기 위해 필요한 것이다.

수산나 타마로

조아키노 토마, 〈수도원의 소설〉,
1888, 국립 현대미술관, 이탈리아 로마

결국 세계는 아름다운 책 한 권에 이르기 위해 만들어졌다.

스테판 말라르메

피에르-오귀스트 르누아르, 〈두 자매〉(부분), 1889, 개인 소장

고전, 사람들이 인정은 하지만 읽지는 않는 책.

마크 트웨인

안젤로 모르벨리, 〈전진〉, 1892–1896, 시립 현대미술관, 이탈리아 베로나

명작인 책은 없다. 명작이 되는 것이다.

콩쿠르 형제

테오 반 리셀베르허, 〈책 읽는 여인〉(부분), 1899, 왕립미술관, 벨기에 브뤼셀

책 읽는 여자는 집안일도, 남편도, 간혹 애인도 모두
잊어버린다. 그저 책에만, 자신에게만 이야기를 들려주는
책과의 은밀함에만 신경을 쓴다. 반면 여자의 앞에서
신문의 경제면을 펼치고 있던 남자는 여자의 마음을
헤아리지 못하고 세상에서 가장 어리석은 질문을 던진다.
"당신 지금 뭐 생각해?"

엘케 하이덴라이히

피에르-오귀스트 르누아르, 〈책 읽는 여인〉, 1900, 도쿄 후지 미술관, 일본 도쿄

문화를 파괴하기 위해
책을 불사를 필요는 없다.
사람들이 책을 못 읽게 하면 된다.

마하트마 간디

앙리 마티스, 〈독서하는 마르게리타〉,
1906, 예술박물관, 프랑스 그르노블

지금 당신 곁에 있는 사람, 당신이 자주 가는 곳,
당신이 읽는 책이 당신을 말해준다.

요한 볼프강 폰 괴테

조반니 소토코르놀라, 〈파란 책의 연구〉, 1906-1908, 개인 소장

중요한 건 진짜 인생이라고
사람들은 말하지만,
나는 독서가 더 좋다.

로건 피어솔 스미스

움베르토 보초니, 〈마시미노 부인〉, 1908, 개인 소장

쉽게 읽히는 책은 매우 쓰기 어렵다.

너대니얼 호손

마르타 스테틀러, 〈책 읽는 소녀〉, 1910-1911, 국립 현대미술관, 이탈리아 로마

문화는 대개 출판업자들이 지나친 책들을 통해 발전한다.

토머스 풀러

에곤 실레, 〈후고 콜러 박사〉, 1918, 오스트리아 벨베데레 미술관, 오스트리아 빈

당신은 이제 이탈로 칼비노의 새로운 소설
《겨울밤의 여행자라면》을 읽으려고 하는군요.
자, 긴장을 푸세요. 집중하세요. 다른 생각은 쫓아버리세요.
당신 주변의 세상은 사라지게 내버려두세요.
문을 닫는 게 좋겠네요. 저쪽 방에는 항상 TV가 켜 있으니까.
다른 사람들한테 당장 말해야겠죠. "됐어, 난 TV 안 볼 거야!"
목청을 높이세요. "책 읽는다니까! 귀찮게 하지 마!"
당신 말을 못 들었을지도 몰라요. 저쪽 방의 소음 때문에.
그러니까 더 크게, 아니 소리를 질러요.
"나 이탈로 칼비노의 새 소설 읽을 거야!"
말하고 싶지 않다면 아무 말도 하지 마세요.
사람들이 그냥 당신을 내버려두길 소망해봐요.

이탈로 칼비노

　블랑슈 카뮈, 〈테라스에서의 독서〉, 1920, 개인 소장

세상은 문학 없이도 아주 잘 돌아간다.
하지만 사람 없이는 더 잘 돌아간다.

장 폴 사르트르

앙리 마티스, 〈책 읽는 키 큰 여인〉, 1923, 마티스 미술관, 프랑스 니스

어머니 말씀이 맞았다.
할 일이 없을 때는 실크 속옷을 입고
프루스트의 책을 읽기 시작하는 거다.

제인 버킨

에드워드 호퍼, 〈호텔 방〉, 1931, 티센보르네미사 미술관, 스페인 마드리드

아이에게 주면 뭐든 아이들 책이 될 수 있죠.
아이는 최고의 또는 최악의 문학 독자니까요.
절대로 '척'할 만한 인내심이 없으니까.

오슨 스콧 카드

프리모 콘티, 〈꼬마와 나비〉, 1933, 팔라티나 미술관, 이탈리아 피렌체

천 개의 총검보다 네 개의 적대적인 신문이 더 무섭다.

나폴레옹 보나파르트

게오르기 루블레프, 〈스탈린〉, 1935, 개인 소장

책을 읽는 사람은 천 번의 인생을 살죠.
책을 한 번도 읽지 않은 사람은 딱 한 번만 살고.

조지 레이먼드 리차드 마틴

루치안 프로이트, 〈독서하는 화가의 어머니〉, 1975, 개인 소장

그림 작가

234

명언 작가

그림 소장처 및 저작권

지은이 스테파노 추피 Stefano Zuffi
이탈리아의 명망 있는 미술사학자. '미술 포켓북' '대도시 예술 가이드북' 시리즈 등을
기획했으며, 미술의 대중화에 앞장서 수많은 예술서적을 써냈다. 대표적인 저서로 《이
탈리아 회화》《현대 회화》《천년의 그림 여행》《사랑과 욕망, 그림으로 읽기》《신약성
서, 명화를 만나다》 등이 있으며, 그의 책은 여러 나라에 번역돼 출간되었다. 현재 밀라
노에서 문화 잡지와 여행 잡지에 글을 기고하며, 미술 전시회를 기획하고, 학술서 집필
에 참가하는 등 다양한 활동을 펼치고 있다.

옮긴이 김현주
한국외국어대학교 이탈리아어과를 졸업하고, 이탈리아 페루지아 국립대학과 피렌체
국립대학 언어 과정을 마쳤다. EBS의 《일요시네마》와 《세계의 명화》를 번역하고 있으
며, 현재 번역 에이전시 하니브릿지에서 출판기획 및 전문 번역가로 활동하고 있다. 주
요 역서로 《프라다 이야기》《여자라면 심플하게》《여자, 그림으로 읽기》《구스타프 클
림트》《빈센트 반 고흐》 등 다수가 있다.

내가 사랑한 책

초판 1쇄 발행 | 2014년 10월 30일

지은이 스테파노 추피 **옮긴이** 김현주 **발행인** 이대식

책임편집 나은심 **편집** 이숙 김화영 **마케팅** 윤여민 정우경 **디자인** 모리스
주소 서울시 종로구 평창길 329(우편번호 110-848)
문의전화 02-394-1037(편집) 02-394-1047(마케팅) **팩스** 02-394-1029
전자우편 saeum98@hanmail.net **블로그** saeumbook.tistory.com

발행처 (주)새움출판사 **출판등록** 1998년 8월 28일(제10-1633호)

ISBN 978-89-93964-89-9 04800 / 978-89-93964-86-8 (세트)

Leggere, by Stefano Zuffi
Copyright © 2009 Mondadori Electa S.p.A.
All rights reserved.
Korean translation copyright © 2014 Saeum Publishing Company

이 책의 한국어판 저작권은 Mondadori Electa 출판사와의 독점계약으로
(주)새움출판사에 있습니다. 저작권법에 의해 한국 내에서 보호를 받는
저작물이므로 무단전재와 무단복제를 금합니다.